Mannheim - 14 - 4. '84

Mauee Post-

Ik woonde in een leunstoel

Ik woonde
Met

Mance Post
in een leunstoel
woorden van
Guus Kuijer

Amsterdam · Em. Querido's Uitgeverij B.V. · 1979

Omstreeks het jaar 1930 was ik een kleuter. Ik woonde in Amsterdam
in een leunstoel. Mijn vader en moeder woonden in het bovenhuis
dat om mijn stoel was heengebouwd.

Er waren ook nog drie oudere zussen en een baby-broertje, maar
die heb ik weggedacht. Want al die mensen in dat kleine huisje, dat
was me te veel. Mijn zussen en mijn broertje zie je dus niet, want
als ik mensen wegdacht, waren ze echt vertrokken.

Iedereen meende dat ik gauw dood zou gaan. Ik haalde soms
moeilijk adem. Dan piepte het akelig in mijn keel.

Maar doodgaan deed ik niet, want vanuit mijn leunstoel keek ik
over de daken naar het Luchtpark.

In het Luchtpark was het ruim en fris en er was lucht. Veel lucht.
Het was maar goed dat het Luchtpark zo dichtbij was. Als mijn
ouders ervan hadden geweten, waren ze misschien niet zo ongerust
geweest.

Ik was een paar keer zó benauwd dat ik bijna stikte. Maar dan gebeurde er iets wonderlijks. Ik vloog over de daken naar het Luchtpark. Het was daar zó luchtig dat ik er helemaal van bijkwam. De bomen zaten vol kleurige vogels. En ik reed er rond in een bokkewagen. Mijn vader mende de bokken en ik zat naast hem. Onder een wapperende vlag, want in het Luchtpark stond altijd een frisse wind.

7

blauwfazantje

treurbys

roodkuif
Kardinaal

paradijswida

napoleonnetje

zebravink

Japanse
nachtegaal

rijstvogel

Maar meestal voelde ik me heel gewoon. Dan hoefde ik niet naar het Luchtpark. Dan was ik gewoon thuis. Net als de kleurige vogels. Die woonden in de volière en droegen mooie namen.

's Zondags vlogen ze door het huis. Ze zaten overal, ook in de slaapkamer van mijn ouders. Soms mocht ik op zondagmorgen nog even in het grote bed. Ik luisterde naar mijn vader die op zijn viool speelde.

'Mooi hè Josefine Beker,' zei ik dan. Want Josefine Beker was mijn onzichtbare vriendin. 'Ja,' zuchtte Josefine Beker. Want die was het nogal vaak met me eens.

9

Soms verhuisde ik van mijn leunstoel naar mijn buitenhuis. Dat was onder het bureau van mijn vader. Mijn buitenhuis stond in China. Dat kwam door het Chinese behang in mijn vaders werkkamertje. Ik was gelukkig niet alleen in dat verre land. Josefine Beker was er. Hein Vioolkist was er en mijn vader was er ook altijd. Zelfs als hij er niet was. Onzichtbaar.

Maar ik róók hem. Als sigarenlucht.

Heel in de verte, in Japan misschien, hoorde ik mijn moeder liedjes fluiten. Dat was heel wonderlijk, want andere moeders floten nooit.

Op vrijdag moest ik altijd verhuizen, want dan werd het huis schoon-gemaakt. Alles werd van zijn plaats gesleept. Mijn leunstoel ook. Ik ging naar het portaaltje. Mijn beer keek wel eens in het trapgat van de buren. Hij liever dan ik, want het was daar diep en donker. De trap naar boven, dat was onze trap. Hij ging naar de zolder.

De derde tree was mijn tree. Dat was verreweg de beste tree. Niet te hoog en niet te laag en hij liep van heel breed naar heel smal. Dat is het allerbeste voor een tree.

Mijn vader bracht vrijdags altijd taartjes mee. Dat was nogal mal eigenlijk, want taartjes waren voor verjaardagen. Maar hij bracht ze elke vrijdag mee, omdat iedereen zo hard gewerkt had.

Het middelste taartje was het leukste. Er zat sterke drank in, dus dat mocht ik niet. Ik ging met een ander taartje naar de trap en at het daar op. Op mijn tree. Samen met Josefine Beker natuurlijk.

Ik heb één keer op het dak van ons huis gestaan. Eén keer maar en toch vloog er meteen een vreemd voorwerp door de lucht: een zeppelin. Echt waar.

Trouwens, alle andere keren dat ik naar boven keek stond er met grote letters T U R M A C in de lucht geschreven.

Het was gevaarlijk op het dak, vooral door dat woud van radio-antennes. De buurvrouw is er een keer in verstrikt geraakt en verloor toen bijna haar hoofd.

Als je de deur uitging, kwam je al gauw in het Westerpark. Dat was een slecht park. De bomen deugden niet, de appels zaten vol gif en de vruchten van de esdoorn fladderden gemeen. En dan die verschrikkelijke gasfabriek op de achtergrond!

'Wat zou er gebeuren als dat, als dat ding uit mekaar barst?' vroeg ik me af.

'Wat denk jij Josefine Beker?'

'Dan barst alles uit mekaar,' zei Josefine Beker.

'De mensen ook?'

'De mensen ook. Net als zuster Ursula van Prikkebeen.'

Josefine Beker had gelijk. Het was een enge gasfabriek bij een eng park. Heel anders dan het Luchtpark.

Garnaal. Egelantierstraat

Op straat was het leuker. We gingen vaak naar de Jordaan. Dat was een arme buurt, maar de straten hadden bloeme- en bomenamen. We kochten er garnalen. De garnalenpelsters zaten op de stoep voor hun huisje razendsnel garnalen te pellen.

Het waren sprietige, schele beestjes, die garnalen, maar het was gezellig om in de Jordaan te zijn. Ik werd er vrolijk van.

Laurierstraat   Goudsbloemstraat   Leliegracht

Mijn tante woonde in de Goudsbloemstraat. Ze bezat een interessant kropgezwel. En een grammofoonhoorn om mee te luisteren. En een kaketoe.

Ja, in de Jordaan moest je wezen!

Er was op straat zóveel te zien! De vrouw van de zuurkar schreed als een koningin voorbij. Ze riep:

Uitjes in de wijnazijn,
komkommer een centje maar!

Dan was er de draaiorgelman met de man zonder beentjes die het geld ophaalde. De hoededozenman, bedolven onder lege hoededozen die hij verkocht. De straatzanger die jammerlijke kreten slaakte en die je beloonde door een ingepakte cent uit het raam te gooien. De man met de ratel die voor de vuilniswagen uitging. En verder werd iedereen de hele tijd begraven in hele mooie koetsen. De paarden droegen zwarte jurken. De vogeltjes waren dankbaar voor de paardevijgen.

Soms was het ook op straat droevig. Met Kerstmis sloeg iedereen hazen, konijnen, kippen en ganzen dood.

Ze werden gevild en geplukt.

'Haze- en konijnevellèèè,' schreeuwde een man achter een kar. Want de vellen werden verkocht.

In een smal straatje werden vogels geplukt door poeliers. De hele straat zag wit van de dwarrelende veren. Alsof het sneeuwde. En overal lagen dooie, blote dieren te koop.

We gingen ook wel eens 'uit'. Mijn moeder nam mij een keer mee naar een zaal waar clowns optraden.

De 'Fratellini' heetten ze. Ze waren zo gruwelijk eng! Op het podium zagen ze er al verschrikkelijk uit, maar ze kwamen nog de zaal in ook. Om je met hun scherpe tanden te bijten. De andere kinderen loeiden en joelden. Ik klemde mij vast aan mijn moeder. Ik duwde mijn hoofd tegen haar borst en durfde me niet te verroeren. Het was een verschrikkelijke middag. Josefine Beker vond het ook niet leuk. Dat vertelde ze me 's avonds in bed.

In de zomer gingen we naar zee. Ik verzamelde emmertjes vol schelpen. Prachtig waren die en ze lagen zomaar voor het grijpen. 's Avonds wapperde het licht van de vuurtoren langs de hemel. Dat was een fijn gezicht.

Alleen de maan deugde niet. Die was soms zo groot en rood dat het leek of hij in brand stond. Net als de hoogovens in de verte. Dat klopte niet. Zo hoorde de maan niet. Dat was duivelswerk.

Toen mijn vader een auto had gekocht, reden we héél af en toe de stad uit. Het linnen dak van de auto flapperde. Eenmaal buiten gingen we met z'n allen in het gras zitten. We hadden eten en drinken bij ons. Dat was heerlijk!

Mijn zussen begonnen meteen sinaasappels te eten.

Er waren geen andere mensen. Alleen bomen, waar opeens sinaasappelschillen aan groeiden en bloemen, heel veel prachtige bloemen. Hoe kon het toch allemaal. Het kwam allemaal zomaar uit de grond zetten. Je hoefde er niet voor naar de winkel, je kon ze zelf plukken.

Heel in de verte zag je de stad. Zo ver weg en zoveel te zien er tussenin, dat je al moe werd van het kijken alleen.

31

's Avonds in bed keek ik nog lang naar buiten. 'Wat zal ik doen Josefine Beker?' vroeg ik. 'Zal ik me klein toveren in het planten-behang?'

'Nee,' zei Josefine Beker. 'Ga jij maar wolken tellen.'

'Alweer?' vroeg ik.

'Alweer,' zei Josefine Beker streng.

Hoeveel wolken ik heb geteld, weet ik niet meer. Misschien wel zeven.

Ik sliep al gauw en mijn pop ook.

Het was een mooie dag geweest. Wat jij Josefine Beker?

Hee, hallo, wat jij Josefine Beker?

Het is vreemd. Josefine Beker zegt niks meer terug tegenwoordig.

ISBN 90 214 7845 5

Printed in Italy by Mondadori